JN202739

句集

茅花流し

加古宗也

角川書店

句集・茅花流し

目次

装丁●ベター・デイズ
装画●大久保裕文

句集

茅花流し

小石丸

平成十七・十八年

平成十七年

初鶏や郡上八幡城が統ぶ

おのづから律呂組始めかな

校庭の隅に土俵や初雀

久闊を叙す息はづみ初句会

鶏小屋の竹門や寒雀

昏鐘のしんそこ硬し寒土用

寒四郎戒壇の錠握りしむ

臘梅の香や金泥の写経帖

花の風吹く四弦のペルシャ琵琶

更埴市

補陀落や杏にもある飛花落花

桃咲いて水迸る木曾奈良井

地に伏せば甘き香の立ち苜蓿

地球儀に赤き国あり荘薄暑

団扇絵は球子の富士やぱたぱたす

ふるさとは掌の中にありてんと虫

東吉野村　二句

ななふしや触れれば鳴れる鎖樋

したたりや日本狼終焉地

西尾市徳永町に日本最大級の円空仏見つかる

宝冠の鈴揺れ円空仏涼し

うな丼や窓の下ゆく街の川

うなぎだれ昭和三年夏とあり

欅にも黐にも樟にも残る蟬

虫の夜の丁寧に研ぐ関の出刃

虫の夜のぼてりと厚き根来盆

携帯のまた切れ台風圏に入る

火山灰ぐもりして鬼城忌の大浅間

まだ青さ残りし榠樝鬼城の忌

青北風や騎馬軍団の敗走図

愛憎は切り結ぶもの蜂巣の実

小布施・北斎館

栗強飯食べて小町の九相図

瓢の笛吹きもし島の縣神

米津神社・戦捷碑

どんぐりの跳ね五十六（いそろく）に希典（まれすけ）に

越村蔵さん、句集『岩枕』上梓

蔵さんはやさしき男胡桃割る

小春日や太々刻す神拝詞

冬菊や上州けふも風日和

小春日や小石丸てふ繭を掌に

小春凪とは天蚕の浅黄色

羨道は佐久石ばかり石蕗の花
帰り花藍汁の味確かむる

戯れに座繰機廻す神の留守

二之丸に天狗堂あり花柊

茶の花や一草庵の路地に入る

笹鳴に一歩八十八祠

桑名・諸戸家

侘助や高須御殿の狆(ちん)潜(くぐ)り

吉良・華蔵寺　六句

足音に師走の風のついて来し

凩を来てアグリコの墓に佇つ

註　アグリコ＝吉良義央（よしひさ）の娘

また時雨きしお木像拝さばや

冬菊の束ねてありし家臣塚

笹鳴や鉄眼一切経蔵す

河豚食うてしばし吉良公談義かな

数へ日の骨董店に女客

大赤城群青深め十二月

極月の戒壇闇を溜むるところ

雪吊の縄に少しのたるみあり

持山で射とめてきしと薬喰

春隣メンズショップよりラップ

平成十八年

風狂や松の内より句座いくつ

乙字忌や男眉間に傷を持つ

梅真白仁吉行年二十八

門司・和布刈神事

狩衣の裾を濡らして若布(め)を刈れる

龕灯に家紋打ちあり木の芽宿

篦をもて切りし高台梅三分

春灯や金泥で描く松と富士

三州足助雛まつり

師直も主税も土の雛かな

うぐひすや只管打坐とは退屈な

巡拝も半ばや草の餅ひとつ

青饅や金剛杖に鳴る小鈴

前橋・風呂川

謙信が沐浴の川榛の花

啓蟄の椎茸榾に水を打つ

孫桃子初節句

桃子とはうれしき名なり桃節句

馬喰はもう死語なるか雪解谷

涅槃図の端のまくれて猫のぞく

転読の風下に佇つお涅槃会

大浅蜊焼くばあちゃんの割烹着

うぐひすや朝から父に女客

信州地獄谷・竹節春枝同人逝く

冴返る夜の箱水車鳴るばかり

註　箱水車＝渓水を引き込んだ水洗便所

氏神の裏は大河やしじみ搔く

岳の上に雪の岳あり花の雲

淡墨の花に北斗の長柄杓

淡墨の夜や深沈と花の冷え

美濃・横蔵寺

漆黒を色とし即身仏の春

部活費のための茶を摘む日曜日

散茶機の茶葉舞つてをり香りをり

西端・応仁寺

蓮如忌や三河にいまも蓮如さん

卯の花や竜笛舌を当てて吹く

薫風や瓦にもある窯印

水無月の青に定まる開田村

奥三河・千万町　二句

ほととぎす鳴く神君の狩場跡

千(ぜ)万(まん)町(ぢやう)の山みな円しほととぎす

老鶯や山の神にも酒少し

隠岐　十句

飛魚飛んでをり水軍の海平ら

後鳥羽院遠流の島の夏鴉

鳶鳴いてをり隠岐の門(と)の青葉寒

水馬や上皇の井の水鏡

奥蔵は校倉造合歓の花

露涼し熔岩の上に立つ方位盤

島涼し視界三百六十度

老鶯や鳥居の奥の火葬塚

栴茂る塚や村上助九郎

銀河見えずなりぬランタン高く飛ぶ

胡瓜飛ばさんぱらぱらと海士（あま）の塩

境港・水木しげるロード　四句

鬼太郎も鼠男も五月雨るる

鬼太郎の下駄履いてみる半夏生

妖怪は鬼太郎に尽き梅雨茸

妖怪の涼し水木といふ男

風鈴や路地奥にある染み抜屋

耳順とは塩振つて食ふ陳(ひね)胡瓜

唖蟬の太き尿して原爆忌

底紅や廓跡にも馬つなぎ

木歩忌や隅田下りの遊び船

木歩忌や今も大事に面子箱

土蜘蛛の糸大鼓の爽やかに

鬼城忌　四句

水茎に漲る力常閑忌

蓑虫の鳴くといふ嘘常閑忌

忌の寺のこぼれやすくて紅の萩

鬼城忌の山河きちきちばつた飛ぶ

白萩や山門脇に車夫溜り

桃太郎神社

うそ寒や地軸鳴らして鬼の釜

食ひ違ひ廓や松は色変へず

富岡製糸場跡　二句

キーストーンとや鬼の子のぶらさがる

紅萩や富岡乙女てふ工女

老神温泉・吹割の滝

滝割れてをり秋冷のおのづから

蓑虫の鳴いて味噌なめ爺と婆

鬼城夫人生家

大叔母は松浦ハツと酔芙蓉

法隆寺

斑鳩は秋こそ寧し夢違へ

秋の蚊を打つ兜岩陽のもの

竜神の淵とや釣瓶落しの日

志賀高原地獄谷　木谷実・呉清源を偲びて

新布石発祥の地や猿酒

竜淵に潜むここにも地震の跡

惜秋やトンバイ塀に呉須赤絵

美しきをみなと佇てり冬泉

朴葉干しあり農小屋の雪囲

しぐるるや越中八尾石の坂

郡上八幡

およし塚には冬紅葉赤すぎる

白川合掌部落

白川の女やさしき冬菜畑

気嵐や氷見の魚河岸出てよりは

落葉掃く人やズックのかかと踏む

四十七人の刺客義士の日とは笑止

半泥子好みの茶室臘梅花

煮凝や荷風にもある色草紙

石光寺

染の井といふ井戸閉され寒牡丹

螢火

平成十九・二十年

平成十九年

瞽女の墓とや花あげて寒蕨

ばらばらに来てぱらぱらと寒雀

悼　飯田龍太氏

龍太逝く今日も桜の家武村

註　家武村＝現在の西尾市家武町。「雲母」誕生の地

初花や舌打つごとく鳴く小鳥

葦牙やガラ紡船の名残り杭

雲雀は天を人は水辺を好みけり

キューポラの街いまは消え花ぐもり

春灯や螺鈿の筥は紅絹で拭く

行春や屯食包む竹の皮

母在さば小言一つも酸葉噛む

杜国忌の保美にやさしき波の音

蝮取り白き軍手の似合ひけり

紅額や壺阪寺に泥仏

麦刈つてありホスピスの青き屋根

俄雨降りでで虫を喜ばす

螢火やをんなの息の甘かりし

闇深ければ恋螢真逆さま

木賊もて磨く黄楊櫛梅雨の間(ひま)

竹煮草大堀切に土の橋

人は人責むる弱さを蟬の殻

京都・高山寺にて

鳥語涼し鳥獣戯画の前にゐて

一ツ葉やこんなところに井戸曲輪

夜の秋や灯を入れてみるガレの壺

泡盛や茹で蛸はさみもて刻む

遠雷や曳きずつてゆく旅鞄

信濃デッサン館

山蟻の歩める先の無言館

けさ秋や宗全籠に庭の花

別所温泉

爽籟や八角塔にある裳階(もこし)

露けくもあり参道に座禅石

伊香保　二句

夢二忌や脇にたばさむバイオリン

夢二忌やエロイカと呼ぶオルゴール

榛名湖畔　三句

アトリエに夢二が匂ふ秋燕

大花野左手より雨あがるらし

夢二忌や花野の雨は不意をつく

富田潮児翁

誰れ彼れをいつも案じて生身魂

みざるいはざるきかざるは石残暑光

厩舎にもイコン掛けありいとど跳ぶ

かまどうま跳んでバージンロードなる

千枚田一枚下は穂をはらむ

おんぶばつた朱雀大路のだだ広き

伊吹嶺や秋の鉄床雲浮かぶ

隠岐　二句

牧畑やいまは野紺の菊咲かせ

雁渡し隠岐に島前島後あり

うまき水そこに湧きしと小鳥来る

名月や好きな説話にかぐや姫

宍道湖夕日柱

湖に朱をなげうち秋の大落暉

竜淵に潜む観竜の透し彫

盥舟あやつり菱の実を採れる

菱の実や深き濠持つ一揆寺

鬼柚子や縁に積まれし曲輪つぱ

出雲大社

神在月大根注連てふ注連を結ふ

笹鳴や大師のぼりに緋の卍

京都　二句

聖護院蕪ほどなく尼と会ふ

落葉掃き寄せ寺町の犬走り

佐久島

島に西ひがしの港水仙花

大津絵に座頭の褌村時雨

狐火の燃えて大河の分岐点

一陽来復べえ独楽をポケットに

霜晴や畝傍の里の大和棟

枇杷咲くや媚薬のやうな匂ひたて

当麻・石光寺

寒牡丹天智天皇勅願寺

吉崎御坊

肉付の面見て冬の日本海

風花や叩けばはしやぐ津軽三味

雪吊や俵屋といふ水飴屋

冬梅や唐臼休むこと知らず

ふぐり落して何となく酒が欲し

平成二十年

初夢の釈尊の掌の広さかな

寒晒加賀友禅の五六本

久女忌やするめは箸で押さへ焼く

伊良湖岬

春や白波寄せて片浜十三里

句徒が摘みきし油菜のごまよごし

風倒の梅やそんなに咲かずとも

平等院鳳凰堂　三句

風光る鳳凰堂の翼廊

阿宇池や帰心あらはの番鴨

飛花落花水掻しるき阿弥陀の掌

鉄橋の音が聞える花菜風

花惜しむとは道年の楽の艶

心地よき風と茅の輪をくぐりけり

浴衣着や妬心赤とも黒きとも

夏炉焚き継ぐ五箇山は流刑の地

さやけしや湖へ鐘撞く園城寺

榛名湖

大花野抜けカリヨンの湖に出る

句襖の八面復習ひ常閑忌　守石荘

熟柿や北斎の鼻鉤をなす

視野三百度漁火も秋のもの

草罠に足盗まれてばつた飛ぶ

京都大学霊長類研究所

猿塚の前のどんぐり拾ひけり

駐在はいつも自転車柿の秋

冬立てる竹百幹の青きまま

笹鳴の早や神籬の中にあり

この島のまた猫と会ふ小春かな

名古屋・日泰寺

釈尊の舎利ある不思議雪ばんば

義朝忌

平成二十一・二十二年

平成二十一年

あの声は恋かもしれず嫁が君

白息や馬喰町いま街中に

ギヤマンのプリズムに酔ひ寒日和

少女の目して啄木は寒の梅

はんざきの無表情こそ好もしく

伊部・伊勢崎満宅

窯元はいまも茅葺き柿若葉

信楽・楽斎窯

木苺や蛇窯の口の火伏護符

雨降れば雨に応へて行々子

涼風や蓮如絵伝に数多の朱

くちなしの香や折り畳む奉書紙

弔上げや遺墨と並ぶ瓜南瓜

京都・東福寺

けら鳴くや百雪隠に百の甕

わが顔にかかる蜘蛛の囲木歩の忌

鳳仙花はじけ木歩の忌なりけり

鮎錆びて水に匂ひの生まれけり

岡崎八丁味噌

秋燕や味噌桶はみな寝かせ乾す

蟷螂や鎌掛けてある外厠

デキシーランド始まる街は黄落期

旅枕てふ花入や梅擬

鳰潜く湖に扉を開け浮御堂

近江水郷

鴨ひそむ水辺の葭や簗を組める

伊賀しぐれ十六連の登窯

小春日や家鴨は尻を振り歩く

笹鳴や土橋をくぐる手漕ぎ舟

平成二十二年

一月三日は源義朝忌。知多・野間大坊

霜柱踏んで義朝廟に入る

ぎしぎしや鉄砲鍛冶の黒板塀

沙弥も出て下足番する花醍醐

花散るや人力車夫の腰タオル

富士川河川敷

桜えび干す寒冷紗敷き詰めて

茅花流しや富士川は富士の水

青田けふ波打ち原田泰治ゐる

巴里祭銀座の街にハーモニカ

浜名湖

たきや漁蛸入道が猎先に

土用三郎赤埴崖にある神話

郡上八幡

泳ぐ子の真青なる淵めざしけり

三伏やお千代保稲荷に鯰食ふ

自転車に乗るコスモスの風に乗る

人なべて甘きに弱く一位の実

一位の実は甘けれど微量の毒あり

神在や出雲の社殿海に向く

神は留守なれば報賽軽くせり

牡蠣鍋や少し足したる三河味噌

吉良忌済んだらてつちりを食べにゆく

月の山

平成二十三〜二十五年

平成二十三年

岡崎城址

風光るとき忠勝のとんぼ切り

山桜桃(ゆすら)実となる竹箒下ろしたて

大盥和金出目金朱文金

東吉野村　七句

深吉野の星無き夜は螢火を

話し継ぐ源氏螢の大き火に

恋螢見しより瀬音耳に憑く

天好園・句碑の句

水音の奥に水音螢湧く

螢に目瀬音に耳を洗ひけり

刃紋涼しき国平の胴太貫

青梅雨を来て刀匠の休め鞘

瑠璃揚羽回廊長きことを云ふ

兄鵜弟鵜喉ふるはせつ鵜飼待つ

腰蓑に鵜の羽刺して老鵜匠

ささげ銃とは首伸ばす鵜小屋の鵜

すつぽんの生血をしぼり土用丑

秋扇開きてはまた畳みては

螻蛄鳴くや峠の茶屋の麦般若

京都・六道珍皇寺　四句

風に色無し冥界の出入口

うそ寒や小野篁大男

穴惑まだゐ六道珍皇寺

六道の辻や鬼の子鳴かせをり

颪に色無し神鶏は目をつむる

銀杏の臭きを封じ紙袋

阿部月山子兄と

月山の薄束ねて帰りけり

猪垣に電流村は過疎なりし

秋田にて

きりたんぽいぶりがつこの嚙み心地

冬立てる日や神鶏の高走り

腸抜きしあとへなへなと赤海鼠

猪鍋や八丁味噌に鷹の爪

冬帽子深々路上ライブの子

平成二十四年

あの屋根もこの屋根も猫恋はじまる

引く波にわが魂引かれ涅槃西風

木瓜咲いてをり唐臼の鳴りどほし

菜の花や艪音心の凝りほぐす

花の雨蛇の目は音をたて開く

鞆の津の春や遊船いろは丸

焚場（たてば）てふ町の名遺り桜鯛

石蓴潮ひたと寄せくる雁木かな

行春や座頭の褌犬が引く

薔薇に香と棘なかりせば愛されず

建具屋のけふは囮の鮎を売る

蛸茹でてをり島裏は船溜り

鋏もて蛸裂く日間賀訛かな

平野川やがて紀の川五月川

梅雨に隙ありせば山田五十鈴逝く

歩板鳴らせば糸とんぼ交みたる

出刃をもて背中断ち割り洗鯉

野間大坊　三句

血の池の底より出でて源五郎

土用三郎血の池に立つ大卒塔婆

あめんぼう夕日の中を泳ぎけり

草茂る中に四五個の力石

木道に踴めば忍者蜘蛛のゐし

鮎錆びてをり天井は葭簀張り

棒名山

秋興や男根岩に注連を張る

天高しとは紺碧の空をいふ

さんま焼く銀座てふ名の港町

しぐるるや一山青き竹ばかり

冬鵙や日時計はけふ影持たず

日本製ブランデー王・神谷伝兵衛とは同郷なり

浅草に神谷バーあり夕時雨

時雨来て電氣ブランの酔ひ心地

人はすぐ回顧に逃げて日向ぼこ

凩や弾薬庫いま乃木倉庫

霜晴や農村舞台がらんどう

狐火を見たくて長き橋渡る

狐火を見てきて喉の乾くなり

鎌掛けるための釘あり寒替る

鳥海山は早や雪土門拳を鑑る

笹鳴に耳口中に梅昆布茶

風花や緋の傘差して京舞妓

年の豆嚙めば大須の寄席囃し

平成二十五年

久女忌の雪となりたり字松名

ぐい呑は瀬戸黒がいい蕗の味噌

海苔の香や七厘といふ優れもの

天竜は諏訪湖に発し初雲雀

色褪せてゐしが紫明治雛

紙袋（かんぶくろ）開ければ蕗のたう匂ふ

竹筒に古銭貯め込み地虫出づ

木槌もて叩かばば匂ひ干鰈

へぎ板に置かれし一枝濃山吹

飯時は味噌焼く匂ひ春子椙

東吉野村

峡の日や五郎宗桜まだ三分

井伊谷（いいのや）の風を美味しと鯉のぼり

夕河鹿渓音に笛盗まれし

昼顔や浜の砂紋の生きてをり

緑陰といふ静けさに身を入るる

水音に身を泳がせて鮎を釣る

可盃や豆皿に盛る花茗荷

ごろた石投げ簗守の鮎を追ふ

水音に憑かれままこの尻ぬぐひ

蜩や樹間正しき吉野杉

秋暑し吉里吉里人も逝かれしと

富田潮児翁　百寿　三句

子に孫に長寿はやされ生身魂

生身魂けふもすてて離さざる

手を膝に昭和を語る生身魂

金印の島見えてをり鵲（かちがらす）

犬山・玉屋庄兵衛工房

ぜんまいは勇魚の髭と木偶の秋

二百十日孫と楽しむ指相撲

句集　茅花流し　畢

あとがき

本書は『雲雀野』に続く私の第五句集である。平成十七年から二十五年までに発表した作品の中から三七一句を収めた。

収載した句のほとんどが前句集と同様に吟行によって得られたものだ。言葉をかえると仲間とともに吟行をしているときこそ、私にとって至福の時間だと言っていい。吟行の楽しさを教えてくれたのは、実は、富田うしほで、その師、村上鬼城も出不精と言いながら高崎市内の観音山まで弟子たちを引き連れて、たびたび吟行を楽しんでいたという。

芭蕉の「物の見えたる光、いまだ心に消えざる中にいひとむべし」は俳句の醍醐味を見事に言い尽くした言葉だ。いまも繰り返し愛唱している。

本句集刊行にあたっては、角川『俳句』編集部の皆様に大変お世話になった。感謝したい。

平成三十年春

守石荘にて　加古宗也

著者略歴

加古宗也

かこ・そうや

昭和20年、愛知県西尾市生まれ

昭和45年、村上鬼城の高弟、富田うしほ・潮児父子に師事

「若竹」昭和52年12月号「富田うしほ追悼号」より編集長。平成2年9月より主宰

句集『舟水車』『八ツ面山』『花の雨』『雲雀野』『現代俳句文庫・加古宗也句集』。著書『定年からの俳句入門』『秀句三五〇選・9・月』。
共著『現代俳句100人20句』など多数
総監修『平成俳句歳時記・全五巻』

公益社団法人俳人協会・国際俳句交流協会・日本現代詩歌文学館振興会各評議員、日本詩歌句協会理事、村上鬼城顕彰会常任理事、日本文藝家協会・日本ペンクラブ・俳文学会各会員

住所　〒445-0852　愛知県西尾市花ノ木町2-15

句集　茅花流し　つばなながし

初版発行　2018（平成30）年7月25日

著　者　加古宗也
発行者　宍戸健司
発　行　一般財団法人 角川文化振興財団
〒102-0071 東京都千代田区富士見1-12-15
電話 03-5215-7819
http://www.kadokawa-zaidan.or.jp/
発　売　株式会社 KADOKAWA
〒102-8177 東京都千代田区富士見2-13-3
電話 0570-002-301（カスタマーサポート・ナビダイヤル）
受付時間　11:00 ～ 17:00（土日　祝日　年末年始を除く）
https://www.kadokawa.co.jp/
印刷製本　中央精版印刷株式会社

 ISBN978-4-04-884200-6 C0092

角川俳句叢書　日本の俳人100

青柳志解樹
朝妻　力
有馬朗人
安西　篤
伊丹三樹彦
伊藤敬子
伊東　肇
井上弘美
猪俣千代子
茨木和生
今井千鶴子
今瀬剛一
岩岡中正
尾池和夫
大石悦子
大牧　広
大峯あきら
大山雅由
小笠原和男
奥名春江
落合水尾
小原啄葉
恩田侑布子
甲斐遊糸
加古宗也
柏原眠雨
加藤憲曠
加藤耕子
加藤瑠璃子
金箱戈止夫
金久美智子
神尾久美子
九鬼あきゑ
黒田杏子
阪本謙二
佐藤麻績
塩野谷　仁
小路紫峡
鈴木しげを
千田一路
高橋将夫
田島和生
辻　恵美子
坪内稔典
出口善子
手塚美佐
寺井谷子
中嶋秀子
名村早智子
鳴戸奈菜
名和未知男
西村和子
能村研三
橋本榮治
橋本美代子
藤木倶子
藤本安騎生
藤本美和子
文挾夫佐恵
古田紀一
星野恒彦
星野麥丘人
松尾隆信
松村昌弘
黛　執
岬　雪夫
三村純也
宮田正和
武藤紀子
本宮哲郎
森田　峠
山尾玉藻
山崎　聰
山崎ひさを
山本洋子
柚木紀子
依田明倫
若井新一
渡辺純枝
ほか

（五十音順・太字は既刊）